능소화 잠깐 보았나

능소화 잠깐 보았나

김민수 제2시집

문학시티

서시序詩

생각이 스위치를 켜고 생각을 생각한다
머리를 써서 사물을 헤아리고 판단하는 것이 아닌
어떤 느낌을 떠올리는
더 정확히는 그 느낌을 뛰어 넘는 생각
눈으로 느끼고 귀로 냄새 맡고 코로 볼 수 있는

한 번도 떠오르지 않았던 생각
생각이 생각을 버리려고 한다
망상이라도 좋고 상식을 내팽개쳐도 좋다
한 번도 떠오르지 않았던 생각을 위해
생각은 생각을 버린다

예를 들면
갈기갈기 찢겨진 수직
부셔져버린 냄새
따뜻함의 소리

향기의 촉감 그리고 침묵의 맛
또 한 번도 사용하지 않은 낯선 인생 같은
닳아 없어진 연필 같은 시詩를 생각한다
시詩는 숲속 빈터에 찾아온 환한 봄

2019년 4월
김 민 수

차례

1부 봄의 예고

2부 여름이 간다

3부 가을이 붉다

4부 세검정洗劍亭 지나면

5부 선착장 저녁

봄의 예고

―――

바람에 실려 오는 은밀한 느낌
기쁜 소식 있으나 아직 닿지는 않고
그윽한 마음으로 시를 그린다

사이

어쩔거나 봄이 왔다고 어찌하겠나
가을이 온들 또 어찌하겠나
어쩔 수 없는 어쩌지 못하는 사이
그냥 가만히 가만히 가던 길 가야지

돌아보고 또 돌아본들 무엇하겠나
봄은 아름답기만 하고
가을은 붉기만 한데
올해도 내 곁을 떠나지 않은 거울 같은 겨울

충무로 지나 명동 길 접어들면
계절이 감성을 잊는다
문명은 고독의 극약처방인가
시끌벅적한 호프집 문을 연다

주인이 좋아하는 음악 같지는 않고
그렇다고 손님이 좋아할 것 같지도 않은
철지난 팝송이 어정쩡한 틈을 비집고
사이를 다시 접속해 온다
그 사이 눈에 먼지가 들어갔나, 웬 눈물이…

개나리

집요한 눈비
미세먼지에 황사까지
뒤섞여 오간 뒤
햇빛 반짝 하늘 푸르다
병아리 떼 뿅뿅
봄 도우미 개나리군단
노란 군무群舞 매스게임 나선다

양지바른 동산에
봄맞이 달리기 경주 한창
빛의 속도로 줄기식물
노란머리부터 앞서 골인
올해도 꽃 우승!
노랑나비 노란풍선
하늘하늘 두둥실
팡파르 팡팡

노인들이 시끄럽다 야단치니
'붉게 터질 요염한 봄은
또 어떻게 감당하려고요?'

노란 팝콘 계속 터트리며
개나리꽃들 깔깔대고 웃고 있다

담

기마놀이 시절은 가난했다
목재 울타리 얼기설기
이끼 끼고 나이테 드러난
허름한 담벼락 손 대고 걸으면
드르륵 둔탁한 느낌
담쟁이덩굴 담장에서 방실방실
가는 길 마음 넉넉했다

소년 성큼 자라
세끼 제때 챙겨먹을 쯤
새마을 노래 귀에 익었다
한가로운 나무울타리
바쁜 시멘트로 바뀌고
손으로 전해지는 까칠한 느낌
경계는 지킬 것이 좀 있었다

가상세계 진짜인양
평평해진 지구 거미줄 얼기설기
불친절한 아파트 빌딩 숲
벽 없는 벽

손 대고 기댈 담벼락조차 없는
사람과 사람 사이 만리장성
사막 위의 삭막한 보초
'누구를 위하여 종은 울리나'

현재

어제와 꿈 사이
한 장 또 한 장
수직으로 떨어지는
현재의 얇은 간격
지체 없이 사라진다

눈 깜짝할 속도감
그러나
흩어지지 않는 존재감
살아서 곧 죽는
그러면서 살아있는

찰라刹那를 찢으면
나타나는 영겁의 일주문
고요가 숨 쉰다
시간이 끊긴
거기 그 사이

— 2018. 6. 4 진관사津寬寺를 방문하고

고독의 독백

본의 아니게 연緣이 닿은 개똥밭
누구나 혼자 머물다 바다로 간다
외로이
다들 그래도 저승보다 이승타령
왜냐고?
사랑 때문에, 돈 때문에
사랑은 고독의 문신
돈은 육신의 문서
산 입에 거미줄 치는 일 없다면
사랑 아니, 고독이 문제겠지

그놈은 아주 독하고 센 놈이야
다시는 껄떡이지 마
가슴에 구멍만 파고 있을 거야?
나이가 들면 좀 여물어야지
'하는 짓이 불나비'
된장 그러게
아직 죽을 만큼은 아니니 걱정 마
그런데 이런 감정 전혀 디벨롭이 안 되는군
경험해 보나 처음하나 고통은 늘 뾰족해

괴롭지만 곧 이겨 내겠지
구회 말 고전하는 야구시합에
안타를 쳐 역전하듯
힘들고 어려운 골프경기에 마지막 홀
반전의 버디를 낚듯
다시 아무 일 없는 영광이 올 거야
어깨 쭈우욱 펴라고
히말라야 밤하늘 무수한 별
홀로 떨어져 있는 별이 더욱 빛나지
곧 그렇게 될 거야

나이

모른 척 시침 떼려 해도
흘러가는 세월
무대 뒤편으로
끊임없이 발길질한다

꿈같은 젊은 시절 가고 없고
창백한 셔츠만 바람에 너풀너풀
동트는 아침 때 넘기지 않고
저녁노을에 자리 내어준다

쉬이 맞이하는 어두운 밤
다소 평화와
다소 두려움이
미지의 발걸음에 귀기울인다

덧없는 향기
강물은 부지런히 흐르고
거울 속 봄의 얼굴에는
흰 머리 잔주름 구름보다 무성하다

중력

지하철 계단 위 늦은 밤은
언제나 헤어지는 꼭짓점
촉촉한 2월의 입술은
다음 3월에 꽃으로 핀다
부드러운 한 모금 봄바람에

사랑의 만유인력
반쯤 눈을 감는다
시간의 소굴이 낙오되면
별들의 도시가 탄생한다
선물일까 꽃일까

오가는 물길 위 바람도
달콤한 숨결도 행방이 묘하다
동공에 남은 나선형 어둠이
귓전에 머문다
귀바퀴를 싸고돈다

단비

에스프레소에
추적추적 봄비
입술이 젖는다
모두 젖는다

밤이 봄을

밤이 나를 데려간다
봄이 흐른다
발자취를 쫓아간다
어디로 나 있는지 모르는 길
입술과 바다를 끌고 와
나를 무너뜨린다

숨결의 행간 푸른 속눈썹
내 옷을 풀어헤친다
표범의 두 눈
푸른 불빛
강물이 바다로 흘러든다
두 발 사이 거리를 달려간다
수직이 미끄러진다

너의 눈에서 너의 여백에서
굴절된 시간과 현기증을 만난다
나는 네가 있는 곳의 어둠
견딜 수 없는 소용돌이
아기표범 낮은 울음소리에

밤이 반쯤 눈을 감는다

꽃송이마다 별들이 눈물이…
사방에서 네가 나타나
파도의 비밀을 모래 위에 적는다
맹세에 가까운 휘파람 소리
기쁨은 동떨어져 가는 고요를 본다
밤이 봄을 데리고 간다

마도로스(matroos)

젊은이, 혹시 마도로스를 아는가?
한글도 일본어도 아닌
그렇다고 영어는 더욱 아닌
사생아私生語 마도로스 말일세
근대화 시절부터 부두의 멋쟁이
항구도시의 유행가였지
(첫사랑 마도로스, 오빠는 마도로스,
항구의 마도로스, 마도로스 맘보,
마도로스 부기, 아메리카 마도로스,
참! 마도로스 박 빼고 가기는 섭섭하지?)
그런데 지금 그 마도로스가 사라졌다네
잘 모르긴 해도 먹고살 만한 시절이 오면서
"뱃사람"으로 개명한 것 같아

젊은이, 마도로스에게는 항구에
선술집이 몇 군데 있었지
바다에서 힘들었던 일
그라스에 묻어버리는 멋진 장소 말이야
거기는 구찌 베니 짙게 바른 언니들이
늘 속도 속절도 없이 깔깔거렸어

27

그런데 이제 그 낡고 착한 꽃들은
네온 불빛에 산화되어 버렸어
마도로스처럼 파이프 입에 물고
국적 없는 먼 나라로 가버렸단 말일세
오대양의 부평초 마도로스는
이제 돌아갈 곳 없는 먼 바다를 향해
등대의 눈만 반짝이고 있어
갈매기만 시간 위를 날고 있는데

거미줄

1. 황금색 절지동물
 갈증 더욱 갈구하며 허기 채운다
 격자무늬 속을 활보하는 근육질 황소거미

2. 회색빛 지주蜘蛛
 핏기 없는 다리에 하얀 꽃이 핀다
 바둑 한 수 두고 돌을 던진 늙은 사자거미

3. 먹이와 피는 씨줄에서
 부와 명예는 날줄에서 나온다
 날줄 씨줄 벗어나면
 소외와 고통!

4. 이탈, 죽음인가 깨우침인가
 메마른 땅위를 구르는 낙엽 같은
 기억도 인식도 잘 되지 않는다
 (있어도 없는 듯, 없어도 없는 듯
 굴러다니는 생명체 혹은 비생명체
 희미한 물체 혹은 비물체)
 방적돌기 없는 사자거미 눈 감고 있다

스스로 있다는 의식조차 없는
현명한 담론이란 그렇고 그런 것

거미줄에 걸려 있는 관음증 증상의 관음죽
이파리 희미하게 떨며 세상을 힐끔거리고

부엉이

고스톱 패는 주어진 것
무엇을 먼저 때릴지는
지 알아서 할 일
판세 읽으며 화투장 잘 던져야

왕 초보 돈 잃는 지름길
쥐고 있는 그림으로 춤추는 것
스마트한 화투짝
패 잘 붙이고 돈도 따는

사주팔자四柱八字는 패
사는 일은 지하기 나름
네 기둥 여덟 글자 그림자
검은 그늘 믿고 살아서야
부엉이가 이승에서 부엉부엉

되풀이

어제 본 흰구름
덧없다
내일은 푸른 바다
구름 한 점 만들겠지

시계의 침묵

밤
누하동 겨울 시계가
시간의 행간을 갉아 먹는다
시침은 문득 떠나버린 말
분침은 놓쳐버린 절반의 동작
초침은 바쁘게 생쥐소리 반주한다
침묵은 줄거리 없는 횡단보도
나를 놓친 곳
고양이 발로 스며든다

짝퉁

'봄 처녀 제 오시네'
그 봄 어디 있어?
수줍음 호기豪氣로 변해
호우豪雨 속 천둥벼락으로 끝장 본다
(밤새 자그마치 180여회)

꽃도 두서없다
한꺼번에 몰빵 때렸다 가버린다
계절 레시피 점점 독해진다
여름인가 삼일씩 퍼붓고 자빠졌게

나라 되어가는 꼬락서니도
집구석 천장 샌다
짜임새나 갈피가 없고
잔치 집에 눈물 쏟아 내는
엉터리 봄

5월 중순
春來不似春! 허허
문자가 말이 많다
뭐 술이나 한잔 찌끌지

(2018. 5. 17)

집단 망상

예매율 1위
'지구의 무게가 준다.'
솜털이 하늘하늘
바위도 미풍에 날고
집들도 둥실둥실
무대는 구름 위에 떠 있다
대책 없는 감성
깃털 같은 느낌
지구가 하중을 줄인다

지지율 1위
'까마귀 된 비둘기 북악산 날고'
세종열차 아스팔트 달린다
절차도 관계도 '마이 웨이'
내가 하면 로맨스 남이 하면 불륜
속임수가 영상과 문자를 달군다
이대로 그냥 쭉 가면
생각이 솜털이면
지구가 무게를 줄인다

봄의 예고

봄비는 반가운 손님
발자국 소리 초삼월
험한 세상 다칠세라 숨어 살피는
까칠한 나무 새순 눈뜬다
벚꽃 피는 다음 달쯤
산자락 잔치에 다들 꽃 들고 오겠지
비는 초대장!

바람에 실려 오는 은밀한 느낌
기쁜 소식 있으나 아직 닿지는 않고
그윽한 마음으로 시를 그린다
소근소근 꽃망울 소리
봄이 올까 말까 수줍어하는
진달래 개나리 버들강아지
들녘에서 춤추면
바람은 봄!

범종梵鐘

싱그러웠던 봄비의 미소
해시亥時에 촛불은 졸고
울림이 늘 자리하여
부끄럼은 알고 살았네

범종소리 묵직한 공명共鳴!
당좌撞座에서 떨어져 나간 우레
법비가 오니 만물이 푸르르다

장미

가시 없는 사랑 있나요
값진 일은 우리의 열정
그대 떠나고 좋은 세상 온다한들
연분 실은 송홧가루 장마에 씻기우겠죠

정열도 계절이 멀리 가니
가슴에 가시 빠알간 질투
이제야 사르르 주먹을 펴네요

2부

여름이 간다

뜨거운 대지 위 가을비 토닥토닥
놀란 접시꽃 깨어지며
계절은 스스럼없이 제 몫 떼어간다

돈키호테와 햄릿

돈키호테 같은 사람 드물다
복잡한 세상 나 아닌 대신 누군가
일을 저질러 주길 바라기 때문
햄릿보다 돈키호테를 대부분 더 좋아한다
도탄에 빠진 세상도 가끔 그런 기사도가 구한다

정도의 차이는 있지만 의식 속에
돈키호테와 햄릿 같이 살고 있다
연애할 때는 돈키호테
공부할 때 햄릿이 더 유리한 것처럼
그들은 한 몸속에 살고있다

돌시네아 공주를 구하고 정의를 위해
이룰 수 없는 꿈을 꾸었던 슬픈 얼굴의 기사
선친의 원한을 풀기 위해
깊은 사유의 강에 몸을 던졌던 덴마크 왕자
둘에게서 시와 철학을 본다

기사도의 꿈을 잃고 라만차로 간 돈키호테
차가운 복수 끝내고 검은 바다로 간 햄릿

피 다른 형제이지만 동질성 느껴진다
세르반테스와 세이스피어가 같은 해 죽은 것처럼
돈키호테와 햄릿 마주보며 창백한 미소를 짓는다

여름이 간다

능소화 잠깐 보았나?
진땀과 소나기 범벅되고
끈끈한 습도 오르가즘한다
어느 날
언제 그랬냐는 듯 시침 떼고
코스모스 간들거리는 애교에 못 이겨
창밖에서 떠날 채비를 한다
뜨거운 대지 위 가을비 토닥토닥
놀란 접시꽃 깨어지며
계절은 스스럼없이 제 몫 떼어간다

능소화 덩굴에 찰싹 붙어
맹렬하게 울어대는
밤 매미의 어둠속 절규
기어이 시절의 변심에 힘겨워
소리 점점 사윈다
찬 새벽 홑이불 덮으며
꿈 다시 청하는데

"나 가네" 소리에 반눈 떠보니
밤 매미 간데없고
귀뚜라미 소리 창틈에 끼어 있다

2018년 여름

염병할!
염천 불볕더위 영천이 끓는다
40.5도 온도계가 온당치 않다
관측사상 최고라나 어쨌대나
온열병 통계도 상종가
전염병 주소로 이동 중

모두 물먹은 습자지
아스팔트는 덥다고 일어서고
영감쟁이 심장은 땀이 뻘뻘
열 대야 갖다놓고 뒤집어써도
열대야는 가지 않는다
지구가 체온을 높이고 있다

노인 길가기

늙음은 말과 눈을
철학으로 물들인다
욕심의 주파수 파장이
약하거나 적이 완만하다
체면과 상식에 얼굴을 칠하고
자세히 뜯어보는 눈은
초점을 초월한다
빨리 가자고 외쳐도
들은 척 못들은 척
달관達觀일까 낙엽일까

걸을 만큼 걸어온
구불구불 긴 산책길
인생 변곡점 중늙은이
걸음걸이 고장 나
세상은 줄어들고
코에 걸친 흐릿한 안경
기웃기웃 기묘한 눈짓

주름살에 노을이 걸렸다
늙음은 철학에 물든다
철학은 황혼이니까

6070 밤 골목

동네 골목 휘파람 소리 차다
밤이 서랍 열면 미간이 꿈틀댄다
(신호를 보내는 불량배,
두들겨 패는 북새통,
재크 나이프 철컥이는 소리,
도둑의 깨금발)
착하게 살아야 하는데
그럴 기미는 달나라 별나라
별은 많은데 별 희망이 없다
새벽까지 술주정 외치지만
아침이 되어야 좀 착해지는 골목

동네 고샅 달콤한 기타반주
밤 되면 청춘 남녀 무대 오른다
(구애하는 노총각
값 팅기는 노처녀
볼에는 촌티가 절절,
애인에게 버림받은 폐병환자
때 묻은 바바리에 처량함이 묻어난다)
부모 몰래 만날 약속하는 중딩,

입맞춤하는 고딩 비행非行기 탈까?
담 넘어 들리는 달달한 기타소리
그믐달 꾸벅꾸벅 졸고

꽃보다 별

기부 스타 주윤발
이쑤시개 입에 물고
돈으로 꽃을 만든다

많으면 기쁘고
없으면 그리운 게 꽃

많으면 바쁘고
없으면 기죽는 게 돈

꽃은 사람을 치유하고
전錢은 살림을 치유한다

돈은 꽃보다 별
人香(사람의 향기)은 香港(홍콩)에서

로드 킬(Road Kill)

먹이사슬 섭리 허물지 않으면
자연에서 수요와 공급은 잘 숨 쉰다
배려와 사랑 없는 거친 욕망
터전 잃은 야생이 아스팔트로 포장된
야만 위를 걷는다
어둠에 먹이 찾아 도로를 건너는 고라니
헤드라이트에 산화散禍되는…
'탐욕은 사람이 아픔은 동물이'
길이 길을 죽인다

초미세먼지

안개보다 더욱 투명한
사람이 만든 유령幽靈

Ultrafine Dust

More transparent than fog
Man-made phantom

이상한 사막

육법전서 읽고 있는 관공서
게시판에 껌 자국 덕지덕지
제하題下 쥐와 여우의 글 너풀거린다

분주했던 발목의 그림자는 옅어지고
쭈구렁이 할머니는 세월의 끝을 졸고 있다

애국심이 별로 없는 이파리들의 회의
담장이 담장을 출산하고 벽이 벽을 본다
쥐와 여우의 글이 다시 너풀너풀

새싹의 씨앗을 분석하면서
또 다시 건조한 회의를 한다
문제는 씨앗을 말리고 사막으로 간다

아이들 웃음소리 사라진 모래땅
거품 문 정치 슬로건:
"내일은 푸르리!"

반성문

내가 한 일을 후회하고 있을 때
눈은 어둠 속에서 더욱 밝아진다
하늘은 차디찬 납
어둠의 언어 발돋움한다
광고문처럼 고통을 이마에 새기고

산다는 기쁨은 네가 있다는 것
살고 싶다는 맛도 네가 있다는 것
깨어진 달빛은 고개를 넘는다
아픔은 하얀 가운을 입고
수술대 누운 상처를 곰곰이 어루만진다

똑똑해진 어둠은
더 이상 너그러운 품이 아니다
꽃 한 송이
밤이슬 한 방울 툭
뼈 속으로 떨어진다

솔릭

'할미! 엄마 아빠 얼굴보다 더 큰 태풍이 온대'
온 나라가 떠들썩, 다섯 살 아이도 눈이 커졌다
대통령은 노란 비상복 껴입고 지하벙커 들락날락
전쟁이 났다
방송은 실시간 폭탄의 행방을 생중계하고
서울은 마치 전쟁의 공포감이 감돈다
시민들 TV 앞에 눈을 꽂고 매시간 흐름을 살피고
그리고 또 살핀다
다시 살핀다
살핀다
별일 없었다
기상청장 해고당한 일 외엔
고약한 태풍이다

Ego는 슬프다

책은 싱겁다
양념한 대로 맛이 나지 않는다
울림도 바람처럼 흩어진다
답답할 때는
차라리 점이나 한번 보지

만사는 '에고'야
쓰고자 하는 것도 '에고'
쓰기 힘들어서 '에고'
힘들여 읽는 것도 '에고'
무엇을 건져 보겠다는 것도 '에고, 에고'

에고 배고프다 밥 먹자!

술

두주불사斗酒不辭
청탁불문淸濁不問
다음날 만성피로

깨고 나면
다시 서성이는
연인 같은 유혹이여

나를 삼켜라
천하를 삼켜라
그대를 만나면
세상일은 솜사탕
결대로 술술

취하면
뒷감당 어려운
애인 같은
디오니소스의 술, 술, 술

안주

안 주면 서운한
술자리의 2인자
취기 한 허리 묶어
주거니 받거니

있으면 있는 대로
없으면 없는 대로
풍성한 주안상 친구들 기쁘고
빈약한 술상에 너털웃음 짓는

벗이여, 오늘밤
창문 활짝 열고
달빛 안주삼아
술 한 잔 더 하세

쾌감

한여름
비지땀 흘려 운동하고
차디찬 맥주 한 모금 꿀꺽!
설국열차 목구멍 역에서 식도 역 통과
종착지 위장 역까지 쭈우욱 짜릿 논스톱
캬아아!

패션 쇼

하늘이 봄을 만들듯
사람은 패션을 만든다
자연과 스타일은 서로 다른 기둥
버팀목 다르지만 빛으로 산다

비대칭의 조화 우아한 움직임
발걸음에 경지가 보인다
(엇각의 팡팡 걸음,
카리스마의 뚜벅 걸음)
모델라인은 구도의 길
피안을 넘어 걷고 또 걷는다

거대한 음향 창을 던지는 조명
화려함이 형형색색 율동한다
우주의 아름다움과
인조의 화려함은 엇박자
천지의 조화에 새들 노래하고
인위의 눈부심에 예술이 숨쉰다

패션모델은 익어가는 포도주
발효될수록 보폭에 향기가 피어나고

– 패션모델 김동수 교수에게 바치는 헌시獻詩

청미루青美柳

푸른 하늘 푸르른 시절
뽀얀 먼지 뛰놀던 시골
자동차 털털 삐걱대는 수레바퀴
함께 오가는 신작로
그러나 어머니 가슴처럼 넓었다

동네 어른들 힘 부쳐
표정 밝지 못해도
뛰노는 아이들 뜀박질 맑기만 하고
삽짝 밖 긴 미루나무 그늘
지친 이들 쉼터가 되었다

나무 그늘 아래 땀 식히는 동무
높은 하늘 푸른 꿈을 본다
잎사귀 반짝이며 바람 흔드는 가지
정다운 고을 느린 고향
슬금슬금 부채질한다

풍요롭지 않던 조그만 풍요
마음 더욱 풍성하게 하고

따뜻한 정이 깔린 청미루 가로수길
옛 친구처럼 하나씩 둘씩
기억의 강물 따라 흐른다

      – 청미루 대표, 이종구 후배의 고향 이야기를 듣고

관음觀音

분별의 임계치 넘는
의식의 사각지대
불쑥 나타난 만리장성
적막은 밤의 언어
흐린 하늘같은 까다로운 귀로
소리 없는 소리 듣는다
중력과 시간이 깨어진 공간
왼편으로 뛰고 있는 감정의 조각들
냄새와 빛깔 허공을 떠다닌다
내 것이면서 내 마음대로 되지 않는
이상한 기관器官
창밖에 불던 바람을 그린다
문 밖 어둠의 나를 듣는다

재즈

악기와 악기가 대화한다
고개와 어깨가 물결친다
어둠에 눌린 백열등
소리물결이 빈 곳을 채운다

멜로디는 진열장의 샘플
애드리브는 압도적 재즈
도착 안된 선율 무드에 따라
즉흥연주 퍼붓는 절대 자유

3부

가을이 붉다

나무는 오랫동안 쌓이고 쌓인
계절에 역행하는 잎을 걷어버고자
불철주야 고군분투
안절부절 설쳐댄다
가을이 붉긴 한데 낯설다

휘파람

날씨는 유리조각
찢어진 시퍼런 하늘
늦가을 싸늘하게 쏟아진다

틈새 가시 고독한 그림자
길목에 멍하니 서서
계절이 챙기는 하얀 추위에
흰 못을 박고 서서

미련은 아프지 않은 척
미간을 미처 지우지 못하고
휘파람을 슬쩍 꺼낸다

진짜 가짜

나의 눈은 앞에 있는 나를 본다
차츰 차츰 전염되는 상상이 현실
접속의 세계 회로에 빠지면
가짜인 자 진짜 되고, 진짜인 자 가짜 된다
디지털 이미지는 훗날 돈벌이의 손재주?
가상현실이 진짜로 변장한다
진짜 같은 소리를 가짜처럼 하고

당국은 가짜 법을 만든다 거미줄시민을 위해
진짜는 흐름에 편승해 가짜레일을 달리고
사람이라는 바탕은 시나브로 꺼져간다
형체 없는 장場에 오르자니 뿌리가 석기시대
외면하자니 가짜가 되지 못할 것 같은 설상가상
갈수록 더 커져가는 가짜세계 불평등

뇌세포까지 스며드는 나노 로봇
흩어진 기억 재생시키고 떠난 사랑 슬픔도 찾는
혈관에도 세포조직에도 특수부대 칩은 내침하여
맡은바 일을 다 하고 가짜를 부활시킨다
영생복락일까? 재앙일까?

꽃 피고 지는 계절 여전한데
세월이 야바위한다

나의 눈은 앞에 있는 가짜를 본다
호접몽 胡蝶夢!
장자는 이것을 예언했던가?
꿈이 진짜이고 가짜가 꿈인 세상
비트코인이 동전인줄 아는 진짜는
데이터 편식에 시달리고
사람은 현기증에 시달린다

도서관에서

깊어가는 가을은
낙엽과 도서관에 있다
밖의 스마트폰은 국민 볼거리
검지로 휘리릭
모든 일이 순간에서 순간으로

만나는 사람마다 한 대씩
손가락 왔다 갔다
화면 한 번
얼굴 한 번
짬뽕소통 점입가경
표정에 눈알만 살아있다

그윽이 뜻으로 전해지는
페이지와 페이지 사이의 사람들
페이스와 페이스 사이의 체취
오래된 언어의 냄새 종이에 묻어 있다
기기器機의 차가움보다
느낌이 깊고 정이 넘치는

모든 일이 찰나에서 경각으로
만남이 메말라 뒤틀려도
세월의 향은 책에 남아 있다
깊어가는 가을
낙엽과 도서관에 우리는 깊이 빠져 있다

진실은 외출 중

뉴스가 적폐를 팔팔 끓인다
양념을 듬뿍 듬뿍 발라
현미경은 미꾸라지를 잡고
휴대전화는 내장까지 홀러덩
집은 속옷까지 훌훌 털린다

나는 요즘 도망을 자주 꿈꾼다
나쁜 짓을 했는지 안 했는지
나 스스로 잘 모르기 때문
내가 누구인지도 아리송하다
뉴스인지 빈혈인지 식초인지

모두 다 그대 위한다는 달콤한 속삭임
빅 브라더는 관심 깊게 보고 있다
가로등에서 대문에서 안방에서
계단은 오르지도 내리지도 말고
조심은 안심

낄낄거리는 오락은 참 편하다
뇌가 외출하니까

진실이 머물러야 할 그 속에
악마가 호주머니 속에 산다
가끔 북한 사람이 되는 꿈을 꾼다

고엽

산등성 위로 해는 주저앉고
도심의 시큰둥한 가로등 노을을 건다
긴 고독과 허기 기지개 켤 때
하루의 끝이 스산하게 나를 본다
을씨년스러운 밤거리 옷깃 여미고
11월말 하숙생이 낙엽을 밟는다
기척에 놀란 가을벌레 숨죽이고
은행잎 하나 길섶에서 하늘을 본다

시詩를 쓴다 2

살기가 시시하면 시를 쓴다
무엇을 해봐야 더 시시하니까
시를 쓰면 시름이 시가 되고
시시함도 시시한 시가 된다
웃음 뒤 울적함이 눈물을 쓰고
거울 속에 서 있는 거짓을 닦고
시를 쓰면 시시함이 시원해진다
딱지 앉은 가슴
응어리 한 꺼풀 벗겨져
볼그레 새살이 돋고

부부

저기 노을을 좀 봐
이야기를 좀 나누어야 해
멋진 밤이 아까워
많은 사람 중 인연도 묘하지
어쩌다 만난 남녀가 너와 나

너는 내가 백마를 탄 기사가 아닌
별종이라고 생각했겠지
너도 별은 아니었어
들꽃쯤이었을까?
하지만 우리 둘은 서로를 잊지 못했어
(왜 그랬을까?) 그 이치는 참 알쏭달쏭해

우리는 정으로 사는 걸까 아니면
우리가 잘 모르는 사랑이 본래 이런 걸까
별종과 별로와 별이 긴 세월을 같이했어
그래서 좀더 이런 저녁을 즐기고 싶고
더 긴 밤이 필요해

외출

젖은 빨래처럼 소파에 널려 있다
북핵이 어떻고 좌우가 어떻고 소음과 뉴스
바깥보다 방구석에서 더 시끄럽다
각별한 약속도 없이
유달리 갈 곳도 없이
막연한 뜬구름 붙잡고 밖을 나선다

TV와 우울증 *끄고*
숨통 좀 트고
햇빛과 생명 만지고 싶어
경험해보지 못한 신나는 일들
무지개로 다가올 것 같은 예감
여기저기 돌아다녀 본다

억지 같은 해방감이나
해를 맛볼 겨를도 없이
갈 곳 잃은 갈매기가 되어
마침내 메가박스로 날갯짓한다
구석자리에 앉아
이념 선전물 같은 영화를 보고 밖을 나선다

길은 없고 노선만 있다

어두움 때문일까
한낮의 여분은 아직 눈이 부시다
찡그린 눈 사이로 뜬구름은 무지개 가리고
반나절 실망은 실명을 가져온다
사랑은 외출 중

지친 혹성

어느 별의 저녁
아무도 읽지 않는
가을이 절룩거린다
음악은 상자 속에
화폭에는 그림이 없다
행성은 감기 몸살로 한기寒氣를
시詩가 말라버린 사랑은 사막 쯤

별 다방

어느 한가한 오후
코스모스 한들거리는 섬강 옆
'문막 119안전센터'가 평화롭다
길 건너 있는 '일승김치찌개'집
나그네와 동네사람 발 잠시 머문다

뽀골 뽀골 끓여대는 찌개는
손수 담근 김치
포기 채로 냄비에 넣고
추가 주문한 질 좋은 돼지고기와 섞어
땀 흘리는 식욕을 만들어 낸다
넉넉하지 못한 어린 시절 맛보았던
풍성한 추억의 풍미

낯선 길손이 대부분
식당에 비춰진 고단한 삶의 주름살은
군침 도는 행복을 삼키고 있다
연고 없이 닿은 천상의 허름한 맛집
일상은 끝 모를 미각에 온통 푹 빠진다

점심 뒤 농협 하나로 마트 건너편
마담이 디저트 같은 얼굴로 다방 다방 거리고
지상최고의 김치찌개 덕에
비실거리던 다리 제법 실해 지면서
낮에도 별이 있는 찻집으로 오른다

내기

시가 시름으로 지새는 늦은 오후
바닷가 저편 노을도 변비 중세
하늘에 붉은 꽃망울 끝내 터질까?
그림 먼저 그릴까?

가을이 붉다

예년보다 가을이 유달리 유난을 떤다
한 해 끝자락을 잡고 나무는 깔깔거리고
다시 보니 점점 비겁해진다
다른 해보다 아주 다르게
나무는 유난히 색이 붉다

나무가 불편해 하는 일은
붉어지지 않는 잎 때문이다
그것은 쓰레길 되어야 한다
웃음인지 비웃음인지
단풍 같기도 낙엽 같기도

나무는 오랫동안 쌓이고 쌓인
계절에 역행하는 잎을 걷어내고자
불철주야 고군분투
안절부절 설쳐댄다
가을이 붉긴 한데 낯설다

나무 팔촌쯤 되는 싸리비는 으스대며
길 위에 떨어진 낙엽 싹싹 쓸고

죽든 말든, 되든 안 되든 싸잡아 쓸어 댄다
나무는 제 선 자리에 수상한 뿌리내리고
먼 하늘 바라보며 이상한 봄 기다린다

05시

지친 창가 다시 돌아와
달이 기웃 옅어진다

기억에서 밀려난
꿈의 조각 새벽안개 되어

시계 소리조차 끊어진
가슴 속 하얀 쪽지 펼친다

어디서 날아 왔는지
첫 새가 울고 있다

비둘기 용사

한 생각은 끝이 없는 시간
비둘기는 생각나는 대로 난다

머리 위를 나는 새, 비둘기
꽃은 피고지고
구름은 희고 검고
봄 비둘기 비둘기 되고
겨울 비둘기 비틀기 되고
비둘기는 비둘기
하는 일 있는 듯 없는 듯

비둘기는 황금알 꿈꾸며
원하는 것이 물거품이 되고
원하는 것이 이루어지고
날개 펴나 접으나
그리고, 쓰고, 노래하고
기쁨과 슬픔 구구대며 종알종알
비둘기는 비둘기
하는 일 있는 듯 없는 듯

비둘기 둥지 깨고 용사勇士가 될 때
생각 한 꺼풀 남쪽으로 날고

빗소리

토닥토닥
양철지붕 빗소리
적막이 부피를 늘린다
처마에는 거미줄 치렁치렁

낮인지 밤인지
갈림길 안타까운
돌아올 리 없는 별
속눈썹에 걸렸다

코스모스

백년 넘은 할머니
홀로 반백년

보고 싶지 않으세요
생각하면 뭘 해

외롭지 않으세요
생각하면 뭘 해

무슨 재미로 사세요
맨손체조 하나 둘 셋

구름 한 점 없는 가을 하늘
코스모스 한들한들

빠담 바람

간절한 소원이 바람이 된다
애정행각도 바람이지
바람은 늘 두근거린다

상송가수 에디뜨 삐아프의
"빠담 빠담 빠담"
혀 짧은 바람소리가 아니다
뼈아픈 사랑의 신음소리
심장이 안타깝게 두근거리는 소리

열혈 중년에 어쩌지 못할
얼빠진 바람이라도 분다면
그리움의 총알을 맞고
깨어진 비상이라도 한다면

바람이 늘 속삭인다
사랑이 자기라고…
바람이 빠담거리면 바람 불겠지

— 에디뜨 삐아프의 "빠담 빠담 빠담"을 듣고…

추석 언저리

풍성한 차례상
낮도 밤도 품이 크다
보름달 휘영청
코스모스 손 흔들며
가을은 부지런히 가고
바람은 새초롬 옷깃에 차다

나이테

나이티 나는
오만상 찌푸린
오래 오래된 오만한 나무
하늘을 들고 있다

바람은 나무에
나이를 그리고
잔잔히 말하는
가지 위 아침 햇살
새들이 부산하다

| 4부 |

세검정洗劍亭 지나면

————

전선줄 얼기설기
주름진 서민의 얼굴 걸려있고
수자네 반찬가게 지나면
조그만 예배당 인기척 희미하다

석기시대의 지하도

'남쪽으로 가면 춥지 않은 겨울이 있다는데…'
칼바람 부는 거리와 거리 사이
부랑자의 냄새와 얼룩이 손을 흔든다
잔은 기울어져 들어 올릴 기력을 잃고
기다리는 것은 다시 기다리지 않는다
머리맡에 벗어둔 신발에 슬픔이 흐르고

'고향이 좋아 너와 만난 건 네가 갓 결혼했을 때지?'
말이 지나간다.
'우리는 정원에서 많은 바베큐 파티를 했었지.'
배고픔이 들어온다.
말하기 따뜻한 말은 듣기에 아픈 말
세상살이에 눈 감은 때 묻은 걸인
인정머리 찬 지하도 바닥을 기며
무허가 겨울 속으로 들어간다.

병든 그림자는 제 키를 더욱 키우고
훔친 소주로 동파육과 고량주의 추억을 메운다
병으로 부는 나팔에는 나팔꽃이 피지 않는다
취기는 회색 땅속에서 쿨럭쿨럭!

가마떼기에 눈감고 누워 있는 생태계 미적분
고개를 들면 겨울이 하얀 이빨을 뽑는다.

첫 눈

자고나니 세상이 바뀌었다
창밖은 흑백사진 은빛 천국!
새 한 마리 은하수 털고 내려와
저잣길을 하얗게 덮는다

녹 쓴 낙엽 분장하는 겨울 입구
눈이 쌀가루로 보이던 배고픈 시절 저 만치
사라져간 낭만처럼 보이던 시절 저 만치
오랜 소나무들 고개 숙이고 소복소복
소복을 입는다

공산주의 2

까마귀는 진실을 생각하지 않는다
정확히 말하면 진실을 까맣게 잊는다
까마귀가 내려다 본 세상은
사실인 듯 꾸며져 있기 때문이다

꿈인지 바람인지 아니면
봄쯤 될까 겨울일 수도 있어
불모의 땅에 나무를 심고
잘 모르는 계절을 위해
힘써 날개 짓 한다는 것은
어리석다는 것을 알기 때문이지
하루하루 여기저기 공중으로 날아다닌다
허기지면 밥 공장에서 허접한 먹이 공급 받으며…

까마귀는 잠들기 전
까만 눈을 펌프처럼 깜박거리며
낮에 본 진실을 모두 게운다
까마귀는 꿈을 꿀 수 없다
깜깜한 밤을 보내도
아침은 운반되지 않는

자본주의 5

돈 좋다고 돈만 파는 고매함이여
어쩔 수 없는 천박한 생각
황금은 누구에게나 다 좋고
노블리스 오블리주!
노블하게 만드는 것은 지 생각이고

방황

망설임이 그네를 탄다
걷고 있는 길
가야 하는 길인지
돌아가야 하는 길인지
되돌려야 하는 길인지
시간은 무표정하고
책은 내성적이다

길인 것 같은데
길처럼 보이기도 하고
길이 아닌 것 같기도 하고
창백한 시간에
안개꽃 바람을 흔든다
초사흘 달빛 아래
먼 길 쓸고 있는
안타까운 반딧불이여

믹스커피

오래전 어느 도시
스타벅스 커피 하우스 들렀다
커피빈이 더 낫다고들 했는데
찾기 귀찮아 그냥 들어갔었다
커피빈은 다음에…
잘 나가는 두 커피숍
애매한 구별이 왔다 간다

푸른 달 복채 통 놓고 구석자리 앉아
우아하게 커피하우스 종합에 관한
계간 컬러 잡지를 넘기고 있다
계수나무 다가가 어디 커피가 좋으냐고 물었다
둘 다 아주 먼 곳에서 이주했는데
개성이 각각 있다는 것이다

하나는 접근성과 친숙함이 있고
다른 하나는 분위기가 있다는 것이다
또 하나는 향이 찐하고 맛이 강한 반면
다른 하나는 부드러운 대신 맛이 순하다고

접근성과 친숙함이 있고 분위기 좋은
향도 찐하고 맛이 연하면서
부드럽고 달콤한 맛은 없을까요??
예를 들면 기운 돋우는 삼박자 커피 같은…
푸른 달 표정은 꽤 까다로워 보였다

지금 생각하니 갈피를 잘 잡은 것 같다
복채 들이지 않고 만든 아줌마 커피
아주 오래전부터 늘 내 곁에 잘 지낸다
오늘 아침도 행복한 믹스 커피 한잔
오래된 마누라 고마워!

색종이

손녀들 다가와 색종이 접어란다
자꾸 그림책에 있는 어려운 걸 접어란다
쉬운 비행기 접이 외엔 방법 모르는 할비…
책을 봐도 깜깜!
어린 시절 창의력과 기술이
바닥을 치고 천정을 뚫고 있다
당황한 마음에 얼렁뚱땅 아들에게 인계하고
귀요미들에게 보다 잘 할 수 있는
무엇을 생각해 보았다
시를 읽어 주기에는 너무 어렸다

꽃송이들이 버리고 간 색종이 바라보며
제대로 된 할비 노릇 하는 것이
세상 사는 일 만큼이나 어렵다는 걸 알았다
아이 돌보는 공부 따로 해야 하나보다
어떻게 하면 이 별들에게 더 잘 하고
또 잘 보일 수 있을까 생각한다
살면서 특별히 누구에게 잘 보이려고
고민한 기억이 없는데 각별하다
손녀들이 색종이처럼 마술을 부린다
"할비 하늘에 저 별 따죠!"

패션 열정

시간이 무겁다
오늘은 서막을 기다린다
한줄기 빛 튕기며 막 오른다
광폭한 음 광기 띠며 열기 올린다

빨강, 노랑, 파랑, 초록…
하늘을 색칠한다
구름을 타고
미래를 날린다

조명은 여기저기 떨어지고
우아한 제스처의 도도한 걸음
날개깃 맵시
무대를 지나 학교를 떠난다

앳된 개성은
리듬을 색칠하고
디자인을 뚫는다
멋들어진 엇박자 걸음으로

재즈 아프리카로 간다

프랑스로 뛴다

패션은 열정

별들의 도시가 탄생한다

            － 2018년 11월 12일 동덕여대 모델학과

              졸업작품전을 보고

가족이 없다

눈에 걸린
스마트폰
입을 삼킨다
침묵을 먹는 식탁

세검정洗劍亭 지나면

진흥로眞興路 뒤 골목길
가끔 식전 산책을 나선다
전선줄 얼기설기
주름진 서민의 얼굴 걸려 있고
수자네 반찬가게 지나면
조그만 예배당 인기척 희미하다
좁은 길 달리는 바퀴들
오가는 눈살에 붙어 있고
북악산 떼까마귀 울음소리
아침길이 까다롭다

홍제천변 세검정 다다르면
발자취도 사연도 첩첩한데
속도 내는 버스 무심히 지나고
개울 건너 모텔은 눈 속에 걸려 있다
정자의 옛 속살 만지려 해도
접근금지 오랏줄 방해를 한다
인근 조그만 공터
빈손 체조 하고 돌아서는 길 저기

피비린내 나는 정쟁政爭이
아직도 유령처럼 서성인다

고독의 부피

긴 추위 지나면
고독의 키 좀 줄까?
한파 속 겨울 나그네
몸도 마음도 얼어 있는

봄 온다하여
다를 바 없겠지만
날 포근해지면
마음에도 볕이 들까
동지섣달 여행길
구름이 반 이상

차창 밖 나목
마른가지에 삼월을 걸고
그리움은
질량과 부피만 키운다

미련

아무것도 쌓인 것 없다
다시 보면 무언가 있다
눈 크게 뜨고 다시 보면
역시 아무것도 없다
거리에 차가운 바람이 낙엽을 쓴다

기氣 호흡

별 하나
밤의 한 모퉁이
길고양이 자태를 틀어잡는다
어둠의 마술
한 모금 부드러운 바람 맞으며

반 눈뜬 동공에
강물은 바다의 틈으로 돈다
허공의 공복을
허기虛氣로 채울 때까지

숨의 소용돌이
들이마시고 내뱉고
들이마시고 멈추고
숨결의 행간에
빛이 숨어든다

비밀상자에 숨을 담아
땅속 깊이 묻고
우주로 올린다

거기 주인이 사는 미궁의 집
내 안은 비어 있다

그림

홍매화 붉은 미소
캔버스에 눈이 내린다
비단 머릿결
노랑나비 바람결 그리는
살짝 번 입술
빨강으로 노크한다

눈

산다는 것은
출생 전의 그림자
죽은 후 있을 바탕

하나 이루면
하나 덜어진다
세간의 밥술
공정한 질량 불변
심은 대로 거두고
베푼 대로 받는
인과응보因果應報
눈 시퍼런 헌병이
인생人生 출구 지킨다!

순환

마음에 모서리 있다
몸이 편치 않다

불편한 몸에
돈까지 떠나고

돈이 나가니
마음에 모가 많다

꽃 한 송이
모서리 무뎌진다

이방異邦의 달

자비라고는 찾아보기 힘든
도대체 어디인가 여기는
낯 설은 땅으로 귀양살이 온
까치발 조심스럽다
공공장소에서 납치와 시해
무심히 지나치는 시선
감시의 기기는 우두커니 서 있다
조잡한 타산 기준이 되어
사람은 분쇄되고
믿음의 터전 염원이지만
시간은 부채살만 사각사각
감동은 멀리 여행 중

오늘밤
옥가락지 같은 예쁜 달이 떴다
달빛과 마주앉아
한잔 술에 무기력과 허전함 타 마시니
가슴 빈 터로 달이 환하게 내려앉는다

         - 2017년 6월 25일 창원 골프장 납치 살해사건을 보고

손칼국수

다대기 맴맴
국수 사발에
소나기 내린다
국물까지 폭풍흡입
뼈 속까지 칼칼한

5부

선착장 저녁

쉴 새 없이 밀려드는
잔잔한 그리움
물결이 현을 긋는다

세부 바다

바다가 매력인 휴양 섬 세부
푸른 하늘은 창창하다
밤이 되면 별이 총총하겠지
수평선 끝에 맞닿은 하늘
반을 짤라 눈에 넣고
반은 미세먼지가 많은
먼 나라로 던져본다

야자수 그늘 아래
사르르 눈 감으면
허접한 공기에 고생한 숨길
맑은 호흡이 애무한다
파라 세일링 멀리 하늘을 날고
단잠의 꿈은 파라다이스로 간다
지금 행복은 충분히 세부적이다

타이완

공산당 이전의 중국이 언뜻 보인다
열대와 아열대가 병존하는 땅콩모양의 섬
타이푼이 짝사랑하여 질정 없이 자주 찾는다
북회귀선이 본토를 향한 원한처럼 가로지르고
박제가 된 중원의 발자취 박물관에서 숨 쉰다

군인 장개석 총통이 옳았는지 모른다
더 무서운 적은 일본군보다 공산당이었는지도
송미령을 사이에 두고 한량 장학량과 펼친 로망
마지막은 로맨티스트들이 제일 오래 산다는 것이
결론이고 싶다

서쪽 평원 대륙을 바라보고
동쪽 험산 태평양을 지킨다
영토는 작지만 꿈은 옥산玉山*처럼 높다
중국도 일본도 한국도 조금씩 닮아 있는
아름다운 섬, 일하 포르모사*(Ilha Formosa)

* 玉山의 높이 3,952m. 백두산의 높이 2,750m
* 일하 포르모사(Ilha Formosa) 포르투칼語로 '아름다운 섬'이라는
  뜻, 대만의 별칭.

세부의 밤

라푸라푸에 밤이 오면
아이들 놀이 소리
소라 속으로 숨는다
마리바고* 길은 네온을 밝히고
거리는 짙게 화장을 한다

소주에 깔라만시 즙을 짜 마시는
부서진 영어
산 미구엘 맥주로 이국의 멋을 내는
싸구려 스페니쉬
스파와 매력적인 여자를 잘 안다고
뻥을 치는 거리의 삐에로
술 취한 도시는 점점 비틀거린다

128

가로등 아래 눈 꼬리는 뜨내기를 노리고
타는 눈은 망고의 속살을 더듬는다
애수哀愁에 젖은 섬
낯 설음 속에 주책없는 들뜸
세부의 밤은 물고기처럼 흐른다

* 마리바고 : 세부 라푸라푸시의 번화가

LA산타 모니카

키다리 팜 트리 늘어선 즐거운 선착장
해변의 악사 인디언 피리 불어댄다
바닷가 휴일 아침
장발의 머리띠 장애인 신바람 났다
선무당 칼춤 추듯 각설이 품바 추듯
온몸이 연주한다

색스폰만 세 종류 인디언 피리 다섯 가지
트럼펫 불고 벤죠까지 친다
연주하다말고 음향기기 조작하며
구경꾼에게 미소 짓는 여유까지
남루한 원주민 연주자 경지 넘나들고

지체장애가 악기를 신명나게 하게 했나
음 소절 소절 바쁘게 흐르고
콩나물 대가리 오선지 위를 신나게 춤춘다
리듬을 잡았다 놓았다
우쭐한 감흥 어깨 다리가 들썩이고
행복과 흥이 밀물처럼 밀려온다

방청객 1불 1불에 신명 더욱 오르고
차츰차츰 하나 되어가는 악사와 관객
갈매기 끼룩끼룩 화답을 하는
파도와 파도는 우레 같은 갈채를 보낸다
"El Condor Pasa", "El Tiempo Pasa!"
"콘돌이 간다", "세월이 간다!"

이과수 폭포

절벽 아래로 떨어지는
우람한 우레 소리가 하얗다
벼락 치는 호통이 가슴 때린다
하나님 지으신 세계
장엄하고 신비하다
웅장한 광경 초월해
엄숙함에 고개 숙일 때
악마의 목구멍으로
물보라는 무지개 뿜어내고
솟구치는 포말 속에
성 가브리엘 신부의 미소

마추비추

공중 요새 잃어버린 도시
땅과 금을 빼앗겨도 정신을 지켜온 문명
황금도끼 꽂힌 배꼽 도시 쿠스코*의
코리칸차* 궁전은 황성옛터가 되었다
허물어진 담을 뒤로하고 그들은
쫓겨 쫓겨 은둔의 산으로 올라가고

라마는 비밀 마을의 채식주의
리마에서 라마를 보기 위해
버스로 꼬부랑길 긴 어지러운 시간
고행의 고생길 안데스 산은 만만치 않다
인디아나 존스로 유명세를 탄 빙엄 교수
용하게도 우르밤바 계곡*을 찾았다

하얀 얼굴의 습격자를 태양신이라 생각한 잉카인
침략을 생각해 본 적이 없어 침략을 당한 순수함
그들이 숨어 들어간 늙은 산 마추피추
우주적 광경으로 만들어 놓았다
지금은 믿기 어려운 유적과 라마*만 남겨놓고
비라코차* 숨결은 마침내 훅 하고 사라졌다

태양의 궁전이 달의 궁전으로 기울고
비록 찬란한 제국의 자취 허물어졌었나
십 이각 돌 이음새 틈이 없듯
그들의 정신세계 천지에 꽉 차있다
태양의 신(Inti) 먼 세월 지나
황금도끼 다시 던질까?

* 쿠스코 : 배꼽이라는 뜻(잉카의 도읍지)
* 코리칸차 : 잉카의 신전, 태양의 신전이라고도 부른다.
　　　　　지금은 폐허 상태
* 우르밤바 계곡 : 마추비추로 이르는 안데스 산의 한 계곡
* 라마 : 페루 고산지대에 사는 낙타과 동물
* 비라코차 : 잉카문명의 창조신

히우 데 자네이로

"독립 백주년!" 기념,
코르코바도 언덕은 예수님의 디딤돌
종교를 앞세웠던 식민지의 지난 일들
라군 호수에 다 빠뜨리고 다시 탄생한 문명
그러나 맞은편 빵지아수까르*는
그때를 기억한다

코파카바나 해변은 정열의 삼바
젊은이들 차림 대담하고 관능적이다
곧은 다리에 풍성한 히프
축구의 열정 여기서 왔나?
음악 물결치면 몸도 따라 파도를 치고

이파네마 해변은 달콤한 보사노바
발렌타인과 화이트데이 늘 속삭인다
몽환의 목소리와 문풍지처럼 사각대는 기타 반주
애틋한 감성을 흠뻑 적시고
은근히 울리는 밤의 색소폰은 색깔이 짙다

센뜨로 계단의 올림픽 타일 그림대회
대한민국 앞에서 사진을 찍는다
창시자는 쿠베르탱이 아닌 호르혜 셀라론
긴 콧수염에 뚱뚱보 대머리 유머러스하다
"리우"로 알려진 "히우 데 자네이로"
일월의 강이 나를 맞는다!

* 빵지아수까르 : 의미는 '빵산' 또는 슈거로프 산이라고도
　　　　　　　불린다.

선착장 저녁

해 질 무렵 바다 건너
올랑고 섬 불빛이 보이는
선착장 빈 벤치
파도소리 앉아 있다
쉴 새 없이 밀려드는
잔잔한 그리움
물결이 현을 긋는다

노을 바라보며
바다 위에 시를 떠 올리고
별을 바라보며 살아있음을
별빛에 감사드린다
키 큰 야자수 큰 부채로
느린 바람 일으킬 때
해변 가 갯내음 콧등에서 춤춘다

태풍

관광지 막탄섬 태풍이 분다
모든 것을 쓸어버릴 태세
벼락이 순식간
열대성 나무를 부러뜨린다
밖을 나가지 못하는
여행 온 아이들
수많은 놀이 기구와
푸른 바다 앞두고
엉덩이만 들썩 들썩

창 넘어 저기
라푸라푸 골목길
손톱만 한 처마 밑
강아지인가 염소인가
처량하게 붙어 서 있다
모진 비바람 살아있는 동물
벽화로 만들고
눈앞에 장대비 쇠창살 같다
폭풍우 맹렬한 열대 저기압
고구마 모양 세부를 꿀꺽 삼킨다

아이는 놀이에 조급하고
미물은 두려움에
살아 있는 벽화가 된다
어른은 심술 난 하늘을 바라보고

버디(Birdie)

클럽헤드의 중량은 운동의 상태
한 방향으로 더욱 가속시킨다

산다는 것은 한판 승부!
무심히 내려오는 관성의 무게
하얀 금속이 떼장을 물어뜯는다
지나온 발자취인가 삶의 상처인가

모나게 잘려나간 잔디와 흙이
초원 위로 뒤섞여 몸부림치고
불끈 솟은 종아리 근육
매끄러운 섬유질의 허벅지
낚아 채듯 돌리는 손목의 회전
사분사분 구球를 희롱한다
부드러운 스윙 충분한 충격
달콤한 전율은 손으로 전달되고
공은 홀컵을 향해 탄성을 지른다

떨어진 백구 초원의 플로어에서 백 스텝!
깃대 옆, 오! 센티미터, 탭인!

귀여운 새 한 마리 하늘로 호로록
팽팽한 판가름 한쪽으로 기운다

두리안 생일

평창 동계올림픽 이틀 전
필리핀 세부에서 생일을 맞는다
손녀들과 한바탕 화상통화 오가고
영하 12도 서울을 그려본다
이국에서 보내는 조촐한 생일
늘 추웠던 생일 따뜻하게 맞는다

막탄의 해질녘 마리바고
길가 늘어선 노점 과일가게
생일 저녁을 위해
아이 머리만한 두리안을 샀다
특유의 냄새 때문에 두리번 두리번
호텔 내 반입이 안 되면 어쩌지?

먼 바다 지평선 바라보며
두리안과 산 미구엘 맥주를 즐긴다
둘의 만남은 축복
촛불과 축하 노래
네온에서 반짝이고

파도는 박수치며 노을은 기뻐한다
마누라와 둘 오붓이
야자수 활짝 별빛의 축하를 받는다

모드

일상은 시간이 있음에도 번거로워 한다
시를 쓸까 소설을 읽을까
소셜 미디어를 할까
아니면 마음에 둔 영화를 보러?
공휴일은 번뇌 망상의 모드

거실에서 집사람이 백화점 식품점에 가자고 한다
우유와 요플레를 사야 한단다
겨우 그것을 사기 위해 백화점까지 가?
그러나 이런 건 건방지게 따지고 묻는 게 아닌
순종의 모드

크리스마스라 그런지 주차장은 시골 5일 장날
겨우 차를 대니 식품매장이 아닌 의류매장으로 가잔다
그러면 그렇지
왕 짜증 모드 (절대 표시 안냄)

집사람 기모바지 한 벌 사고 우유와 요플레를 샀다
차에 싣고 시동을 걸려는 순간
"여보 추운데 오뎅 먹으러 갈까?"

물론 내가 생선묵을 좋아하니까 하는 말
콜! 미소의 모드

어묵 집은 불광동 백화점 건너 재래식시장에 있다
따뜻한 대포 한잔이 없어 쪼매 유감이지만
허름한 전통시장 편하고 그 집은 참 맛이 좋다!
꼬치가 홀수라 내가 한 개 더…
성탄절 행복 모드
메리 크리스마스!

손녀들

막탄섬 J호텔 로비
두 살 터울 손녀들
새벽 네시 반경
마침내 도착했다
태풍으로 연착한 비행
밤새운 뜬 눈으로
비몽사몽 눈인사만 하고…

반나절 쯤 자고
할비 방에 들어와 야단법석
아이들은 어디서든
마음만 먹으면 즐거운 모양
큰 애가 즐거워하니
작은 녀석도 질세라
재롱 더 떤다
해외로 왔다는 느낌보다
푸른 바다를 시작으로
광대한 놀이 천국에
아이들 더욱 즐거운

무엇이든 다 아는 외손녀
무엇이든 다 아는 척 친손녀
그들에게는 뭐니 뭐니 해도
사랑하는 할머니 할아버지
새 우주에서 만난 듯 신기하고 반갑다

외손녀의 꿈

눈에 넣어도 아프지 않을
외손녀와 할머니는 화상 통화를 한다

할미
응?
나 어제 꿈꿨어
어떤 꿈?
(6살짜리가 벌써 꿈 이야기?ㅋㅋ)
외삼촌 꿈 꿨어 히히
삼촌이 어떻게 했는데?
으응~ 꿈에
삼촌이 배추 따는 선생님이었어
그래서 너무 좋았어 호호호

봄을 닮은 외손녀
친구들에게 꿈이 자랑스러웠나보다
별이 총총한 오이타 시골 밤하늘
한 귀퉁이 오려서 손녀에게 보여주면
얼마나 더 기뻐할까…

한반도

한 집구석 두 집 살림
바람 잘 날 없는
추수할 날 올까
늘 배고픈 동네

북쪽은 배가 비었고
남쪽은 머리가 비었다
혼수상태 갈림길
샘에 물이 말랐다

왼손은 낮 간지러운 감성질
오른손은 우울한 헛발질
대중은 갈팡질팡 몸부림
신의 한 수 절실하다

Real 구기동

약관의 나이 조금 지나
'일동면 길명리'에서
단칸방 단 두 식구
영외거주 군 생활을 했다
그렇게 멀지만은 않은데
강물이 흘러흘러 어느 듯
11명의 식구가 되었다

위로
딸 둘이는 딸, 아들 하나씩
아래로
아들이 딸 한 명 낳아
사위 둘 며느리 하나에
우리 내외까지
축구팀 하나를 만들었다
이만하면 애국자 반열에 들겠지?

작년 시월에
작은 딸이 아들을 보았다
그러니까 외손자 하나

손녀처럼 예쁜 것은 아니나
어쩐지 씩씩하다
원톱의 센터포드를 맡겨
득점을 도모해 볼까?

구기동 빌라는 단칸방이 아니다
감독도 한 명 필요한 것 같다
후보 선수도 있어야겠지만
그러면 12명이 넘어간다
빠듯한 예산에 그것은 과욕이지
그래도 공격수는 투톱은 되어야 하고
감독도 있어야 한다
자, 힘차게 뛰자, 레알 김민수팀 화이팅!

강남

강남은 추운 겨울 보내기 위해
제비가 돌아가는 보금자리가 아니다
제비족은 가끔 있지만
사실은 상대를 이기기 위한
각축의 장소이자 메카이다
살아가는 가치의 바탕은
질 좋은 사교육으로 라이벌의식 고취

서민 위한다는 지도층일수록
거기 살 확률이 높다
홍일점 가기 버거운 사람
주변 엇비슷한 복사판 찍어낸다
그 동네에서 위안을 좀 받지만
끊임없이 코어로 발돋움 한다
그들의 고귀한 가치관은
개같이 벌어서 강남에 집 산다?

집, 자식교육, 경쟁은 아주 친한 사이
금 수저 향한 일편단심 펀치만 않다
경이로운 이 열기 식지 않으면

출산은 벌벌 기고
사교육비 집값은 훨훨 난다
작고 느린 일상도
이쯤에서 한번 뒤돌아보아야
사상누각 향한 경쟁
경쟁의 궁극은 침몰일 수도

갱년기 니혼고

"오하요고자이마쓰!"
깜박 깜박 기억력이 외줄 탄다
책을 덮는다
이것도 욕심이겠거니
이 나이에…
니혼고 객지에서 수고가 많다
받침이 부족해 불편해 보이는 언어
나로 인해 더욱 불편해 한다

초고령 사회 문턱까지 달려온 일본
빈 집이 많다하여
더 나이 들기 전
모험성 여행 싸게 즐기고자
"아. 이. 우. 에. 오" 공부하는데
"아이구우야노" 골 때린다

갱년기가 사춘기보다 사납다고 해도
오기는 주책없이 두 눈 부릅뜨고
체면은 온데간데가 없다
가당치 않을 일

저질러 보는 씩씩한 버릇
사춘기가 무색하다

카다카나 히라카나
눈에서 툭툭 떨어진다
의자가 슬슬 히프를 밀어내고
책상이 돌아앉는다
이러다 말거야 암 그렇고말고
"오쯔까레사마데시다!"

아웅산 35

35년 전
나는 공포의 시간 그 자리에 있었다
백상아리만 한 폭발음 온몸을 물어뜯었다
흙먼지 뒤덮인 아비규환
전율의 폐허 속에 신음과 아우성
지붕은 끝없이 하늘로 치솟고

북한은 그런 나라
동족의 가슴에 총부리 겨누었다
해외에서 대한민국 대통령을 시해弑害하려 했다
잊었는가?
그 이전에도 그 이후에도 끊임 없었던 테러 테러들…

일인일당 삼대세습 한반도 사탄
독재교주를 모시고 절하는 붉은 까마귀들
"우리끼리" 외치며 우리를 물어뜯는다
북의 민초는 폭압의 쇠사슬 아래
잠자리에서 눈물짓는다

북한 시인 '반디'

시첩 '붉은 세월'에서 절규한다
"두드리고 두드린다 피 터지도록
이제는 부셔져도 열어야 할 창문"
창문은 자유를 향해 있는가
자유 없는 평화는 길이 아니다

아직 어둠의 의식이 불구가 되어
오늘 가을을 떨고 있다
거짓 선전 선동, 위선 그리고 폭력
별자리 없는 붉은 좌표는 공포의 도가니.

            － 2018년 시월 아웅산 테러 35주기를 맞으며

[1983년 10월 9일 일요일 오전 10시 27분 미얀마(구 버마), 양곤 (구 랑군)의 아웅산 묘소가 폭발했다.
3명의 북한 공작원은 폭탄(크래모아 2개, 소이탄1개)을 설치 원격 으로 터트리고 사망자 21명(한국측 17명, 미얀마측 4명), 부상자 49명, 거기에는 수 명의 수행원 및 경호원이 포함되었다.
이듬해 파주 임진각 부근 사망자 17인의 위령탑이 세워졌다.]

아웅산 묘소 테러로 순국한 외교사절들의 마지막 모습

작품해설

병으로 부는 나팔에는
나팔꽃이 피지 않는다

민용태(스페인 왕립 한림원 위원, 고려대 명예교수)

　때로는 무심코 내뱉은 말에 상처가 난다. 때로는 꽃이 핀다. 때로는 말도 아니라고 지나친 말끝에 아픔이 서린다. 술 마시는 사나이치고 병나팔 안 불어본 사람 없으리라. 풀밭에 벌떡 누워 별 보며 나팔 부는 멋진(?) 여름도 한때였지. 그런데 이상하게 어느 때부터인가 그 '멋짐'이 사라지고 없음과 비어 있음, 가난이 크게 느껴질 때가 있다.

　김민수 시인의 시 「석기 시대의 지하도」에는 인간 실존의 가장 밑바닥에서 허덕이는 노숙자의 때 묻은 이미지가 거적을 펴고 누워 있다. 자신과 아무 상관없는 노숙자의 모습이 눈에 들어오는 것은 인생의 여름이 가고 가을이 옷깃 사이로 주소를 알릴 때이다. 물론 아직 '겨울이 하얀 이빨을 뽑는' 맹추위는 아니다. 그러나 사람이 여물기 시작하면, 인간 실존의 '석기시대'도 보이고, 특히 지독한 '지하도'도 보인다. 인간이 산다는 것이 무

엇인가. 왜 이렇게 자꾸 고독과 추위만 나를 아우르는
것일까.

'남쪽으로 가면 춥지 않은 겨울이 있다는데…'
칼바람 부는 거리와 거리 사이
부랑자의 냄새와 얼룩이 손을 흔든다
잔은 기울어져 들어 올릴 기력을 잃고
기다리는 것은 다시 기다리지 않는다
머리맡에 벗어둔 신발에 슬픔이 흐르고

'고향이 좋아 너와 만난 건 네가 갓 결혼했을 때지?'
말이 지나간다.
'우리는 정원에서 많은 바베큐 파티를 했었지.'
배고픔이 들어온다.
말하기 따뜻한 말은 듣기에 아픈 말
세상살이에 눈감은 때 묻은 걸인
인정머리 찬 지하도 바닥을 기며
무허가 겨울 속으로 들어간다.

병든 그림자는 제 키를 더욱 키우고
훔친 소주로 동파육과 고량주의 추억을 메운다
병으로 부는 나팔에는 나팔꽃이 피지 않는다
취기는 회색 땅속에서 쿨럭쿨럭!
가마때기에 눈감고 누워 있는 생태계 미적분

고개를 들면 겨울이 하얀 이빨을 뽑는다

인간 실존의 극한상황과 산다는 것이 무엇인지 알 수 없는 '생태계 미적분'이 가마때기에 눈감고 누워 있다. 추억을 먹고 사는, 배고픔 밖에 먹을 게 없는 인간 밑바닥의 삶. 거기에서 '병으로 부는 나팔에는 나팔꽃이 피지 않는다'. '나팔꽃' 대신, '쿨럭쿨럭' 더 심한 기침과 숨통을 조이고 죽음을 재촉하는 해소끼가 목을 타고 올라올 뿐.

인생길의 '지하도'에서 인생을 조망하는 것은 위치가 다른 만큼 지금 우리가 사는 삶의 구도가 더욱 명확하게 보이기 때문이다. 강물을 제대로 보려면 강둑에 올라서야 보이듯, 이렇게 위치를 바꾸어서 보면 고독과 고통, 어둠을 향하여 가는 인간 실존의 영상이 더욱 선명하게 나타난다. 그러나 무엇보다도 이 시가 돋보이는 것은 은유와 이미지의 비약이다. 평범한 말 속에서 비범한 비약을 일삼는 김민수의 시학은 깊은 감동과 놀라움의 세계로 우리를 인도한다.

1. 평범 속 비범한 비약의 이미지들

우선 '병으로 부는 나팔에는 나팔꽃이 피지 않는다'라는 시구 자체가 '병나팔을 분다'는 우리의 일상 표현에서 나왔다. 그만큼 우리에게 친숙한 일상어에서 '나팔꽃'이 피거나 피지 않을 줄은 아무도 상상하지 못한다.

'병나팔'과 '나팔꽃'이라는 말놀이로 보는 점잖은 사람들의 곱지 않은 시선도 있으리라. 그러나 이런 것은 인생이나 언어는 당연히 의미가 있고 결론이 있다고 아는 자들의 무서운 위선 때문이다. 시 표현의 진지성은 어떤 말놀이도 놀이로 생각할 수 없다. 시 쓰기는 호르헤 루이스 보르헤스의 말처럼 '어린아이가 장난감을 가지고 노는 진지성과 성실성으로 놀이를 하는 것'이기 때문이다.

위 표현은 '병나팔'이나 '나팔꽃'이라는 도저히 함께 할 수 없는 언어와 이미지를 충돌시킨다. 즉 문명과 자연, 술타령과 꽃, 부정적 이미지와 긍정적 이미지를 병치시킴으로써 얻는 아이러니와 희비극적 비극성으로 우리를 아프게 감동시킨다. 문명적 이미지와 자연의 영상을 병치시키는 시법은 곳곳에서 보인다.

'노란 팝콘 계속 터트리며/개나리꽃들 깔깔대고 웃고 있다'. '가상세계 진짜인 양/평평해진 지구 거미줄 얼기설기'

김민수 시인은 「담」이라는 시에서도 시인의 마음과 마음 사이에 놓인 눈에 안 보이는 담을 이야기 한다.

불친절한 아파트 빌딩 숲
벽 없는 벽
손 대고 기댈 담벼락조차 없는

사람과 사람 사이 만리장성

사막 위의 삭막한 보초

'누구를 위하여 좋은 울리나'

T.S. 엘리어트는 이런 현대 사회를 '황무지'라고 말한다. 김민수 시인은 인간의 정을 외면한 이런 절대 고독의 인간의 처지를 '사막 위의 삭막한 보초'라고 읊는다. 그러나 그러면서도 굴복하지 않는다. 시인의 자기 위안이나 삶에 대한 의지는 「고독의 독백」에서 또 이렇게 말하기도 한다.

괴롭지만 곧 이겨 내겠지

구회 말 고전하는 야구시합에

안타를 쳐 역전하듯

힘들고 어려운 골프경기에 마지막 홀

반전의 버디를 낚듯

다시 아무 일 없는 영광이 올 거야

어깨 쭈우욱 펴라고

히말라야 밤하늘 무수한 별

홀로 떨어져 있는 별이 더욱 빛나지

곧 그렇게 될 거야

여기에서 야구니 골프니 비유를 끌어대다가도 급기야 '히말라야 밤하늘 무수한 별/홀로 떨어져 있는 별이 더욱 빛나지'라는 기발한 자연 이미지로 엄청난 시적 무게를 성공시킴은 김민수 시인의 훌륭한 시적 역량을 짐작하게 한다. '나이'라는 시도 '흰머리 잔주름 구름보다 무성하다'는 멋진 비유가 나온다. '잔주름'이나 '구름'이라는 소리는 비슷하나 엄청 다른 인간과 자연의 이미지를 놀랍게 병치시킨다.

　　모른 척 시침떼려 해도
　　흘러가는 세월
　　무대 뒤편으로
　　끊임없이 발길질한다

　　꿈같은 젊은 시절 가고 없고
　　창백한 셔츠만 바람에 너풀너풀
　　동트는 아침 때 넘기지 않고
　　저녁노을에 자리 내어준다

　　쉬이 맞이하는 어두운 밤
　　다소 평화와
　　다소 두려움이
　　미지의 발걸음에 귀기울인다

　　덧없는 향기
　　강물은 부지런히 흐르고

거울 속 봄의 얼굴에는
흰머리 잔주름 구름보다 무성하다

이 시에서 특히 2연의 '꿈같은 젊은 시절 가고 없고/창백한 셔츠만 바람에 너풀너풀/동트는 아침 때 넘기지 않고/저녁노을에 자리 내어준다'는 시표현은 절구이다. 김 시인의 '창백한 셔츠'는 첫 시집부터 히트이다. 그의 생활이 그러하였듯이 그만큼 공무원이나 샐러리맨의 상징이 시인과 어울리기 때문이기도 하다. 그런데 그 '창백한 셔츠만 바람에 너풀너풀/…./저녁노을에 자리 내어준다'의 표현은 그림부터 일품이다. 너풀너풀 펼쳐진 셔츠와 '저녁노을'의 펼쳐진 모습은 일치한다. 그러나 색깔이 하얗다가 '저녁' 색깔이 되는 나이들어감의 퇴색이 있다. 이 이미지는 거기서 그치지 않고 또다시 로맨스 그레이의 희망이 보이는 '노을'임을 모르는 바는 아니지만….

김민수 시인은 생활과 자연 사이 뜻하지 않는 투명함을 찾는다. 금방 말한 '셔츠'와 '노을' 사이의 서글픈 변화라든가 그 느낌을 중시한다. '어떤 느낌을 떠올리는/더 정확히는 그 느낌을 뛰어넘는 생각/눈으로 느끼고 귀로 냄새 맡고 코로 볼 수 있는'은 현묘한 교감의 감응. 그의 「시」라는 작품은 자신이 추구하는 시의 세계를 제시한다.

생각이 스위치를 켜고 생각을 생각한다
머리를 써서 사물을 헤아리고 판단하는 것이 아닌
어떤 느낌을 떠올리는
더 정확히는 그 느낌을 뛰어넘는 생각
눈으로 느끼고 귀로 냄새 맡고 코로 볼 수 있는

한 번도 떠오르지 않았던 생각
생각이 생각을 버리려고 한다
망상이라도 좋고 상식을 내팽개쳐도 좋다
한 번도 떠오르지 않았던 생각을 위해
생각은 생각을 버린다

예를 들면
갈기갈기 찢겨진 수직
부셔져버린 냄새
따뜻함의 소리
향기의 촉감 그리고 침묵의 맛
또 한 번도 사용하지 않은 낯선 인생 같은
닳아 없어진 연필 같은 시詩를 생각한다
시詩는 숲속 빈터에 찾아온 환한 봄

　　보들레르의 시학은 낯선 사물이나 언어 사이의 '교감'
이나 '상응'을 중시한다. 서로 다른 감각 사이의 유사 '공
감각(synaesthesia)'의 활용이 그것이다. 김 시인 또한 냄새

의 후각과 촉각을 동일시하는 '향기의 촉감', 청각과 미
각을 하나로 엮은 '침묵의 맛'을 찾는다. 불교의 '선미禪
味'에 가까운 현묘한 시의 맛을 찾는 김 시인의 마음을
알 것 같다. 그것은 어떤 느낌을 떠올리는, 더 정확히는
그 느낌을 뛰어넘는 생각, 눈으로 느끼고 귀로 냄새 맡
고 코로 볼 수 있는 세계를 추구한다.

　그런 시詩 세계는 인간의 언어의 차원을 넘어선 불립
문자不立文字적 경지와 비슷하달까? 그러나 김 시인은
불교적 깨달음의 경지를 염원하는 것은 아니다. 그보
다는 평범한 삶의 체험의 막바지에 더 이상 할 말이 없
어진 아버지와 아들의 대화 같은, '닳아 없어진 연필' 같
은 시詩를 생각한다. 그것은 자연에서도 보는 법열 같은
맛, '시詩는 숲속 빈터에 찾아온 환한 봄' 같은 거란다.

2. 우수에 젖은 위안과 화해

　김민수 시인의 에스프리는 깊이가 있다. 기쁨이나 슬
픔이라는 말로 형언할 수 없는 깊은 화해와 조화의 향
기가 있다. 결코 슬프지 않은, 그러나 아무렇지도 않지
는 않은 '휘파람' 소리를 들어본 일이 있는가? 여기 시詩
가 있다.

　날씨는 유리조각
　찢어진 시퍼런 하늘

늦가을 싸늘하게 쏟아진다

틈새 가시 고독한 그림자
길목에 멍하니 서서
계절이 챙기는 하얀 추위에
흰 못을 박고 서서

미련은 아프지 않은 척
미간을 미처 지우지 못하고
휘파람을 슬쩍 꺼낸다

대단한 여운이 감도는 시이다. 그것은 사나이다운 참음이나 숨김의 몸짓 때문만은 아니다. 고독이나 우수의 표정이나 말보다 더욱 아픈 휘파람 소리 때문이다. 사실 가을이 온다는 것이 구태여 말로 해야할 우울이나 슬픈 일은 아니다. 아니다? '아니다'라고 말하기에도 말이 아닌, '찢어진 시퍼런 하늘'이 보이는 날씨.

여름에 좀더 행복할걸. 사랑을 그렇게 쉽게 떠나게 내버려두지 말 것을…. 후회와 미련이 있을 수 있다. 그러나 이미 와버린 가을인데, 아파한들 다른 방법이 있는 것도 아니다. 그래도 아쉬운 것은 아쉬운 것. 그래서 미간이 어두워져도, '미간을 미처 지우지 못하고/휘파람을 슬쩍 꺼낸다'

비슷한 가을의 시 「고엽」은 좀더 허무하고 어둡다.

산등성 위로 해는 주저앉고

도심의 시큰둥한 가로등 노을을 건다

긴 고독과 허기 기지개 켤 때

하루의 끝이 스산하게 나를 본다

을씨년스러운 밤거리 옷깃 여미고

11월말 하숙생이 낙엽을 밟는다

기척에 놀란 가을벌레 숨죽이고

은행잎 하나 길섶에서 하늘을 본다

이 시詩의 마지막 연이 도시의 암울한 정경을 배경으로 너무 서정적이고 위안스럽다. '도심의 시큰둥한 가로등 노을을 건다'는 도시와 자연 풍경의 아이러니한 대조의 묘미가 재미있다. 이럴 때 그 유명한 '하숙생' 노래를 입에 올리며 낙엽을 밟고 있었으리라. 그 을씨년스러운 모습에 놀라서 그럴 지켜본 가을벌레나 귀뚜라미가 숨을 죽인다.

이런 인간이나 곤충들의 반응과는 사뭇 다른 것이 '은행잎'의 도가연한 몸짓이다. '은행잎 하나 길섶에서 하늘을 본다' 가을 되어 우울한 게 어찌 동물뿐이랴. 말없는 은행잎의 표정이 오히려 스님의 모습에 가깝다. '빗소리'도 때로는 서글픔과 그리움을 재촉한다.

토닥토닥

양철지붕 빗소리

적막이 부피를 늘린다
처마에는 거미줄 치렁치렁

낮인지 밤인지
갈림길 안타까운
돌아올 리 없는 별
속눈썹에 걸렸다

'코스모스'는 '백년 넘은 할머니/홀로 반백년'의 초연한 모습이다. 어쩌면 저래야 백년 넘어 오래살지…할 만큼 여유롭고 유유한 몸짓.

보고 싶지 않으세요
생각하면 뭘 해

외롭지 않으세요
생각하면 뭘 해

무슨 재미로 사세요
맨손체조 하나 둘 셋

구름 한 점 없는 가을 하늘
코스모스 한들한들

자연은 이렇게 때로는 위안이고 가르침이다. 그러나 마음대로 인간세상, 사람 산다는 게 다 한이 없는 것은 아니다. 나이와 세월은 허락도 없이 사정없이 가버리고 늘 세상에 혼자 남은 것 같은 '고독의 부피'만 늘어간다. 좋은 추억이 숨쉬던 거리도 어제의 그것이 아니다. 어제와 오늘 '사이'에 끼어 내 인생은 아프고 '눈물'뿐.

　어쩔거나 봄이 왔다고 어찌하겠나
　가을이 온들 또 어찌하겠나
　어쩔 수 없는 어쩌지 못하는 사이
　그냥 가만히 가만히 가던 길 가야지

　돌아보고 또 돌아본들 무엇하겠나
　봄은 아름답기만 하고
　가을은 붉기만 한데
　올해도 내 곁을 떠나지 않은 거울 같은 겨울

　충무로 지나 명동 길 접어들면
　계절이 감성을 잊는다
　문명은 고독의 극약처방인가
　시끌벅적한 호프집 문을 연다

　주인이 좋아하는 음악 같지는 않고
　그렇다고 손님이 좋아할 것 같지도 않은

철지난 팝송이 어정쩡한 틈을 비집고
사이를 다시 접속해 온다
그 사이 눈에 먼지가 들어갔나, 웬 눈물이…

좋아서 산 것도 아니고 안 좋아서 산 것도 아니다. 하지 못한 소망과 행복이 산처럼 쌓인다. 그럭저럭 산다고 했는데, 그래도 내 곁에 남은 이맛도 저맛도 아닌 '믹스커피'가 있다. 정지용 「향수」 속의 아내처럼 '예쁠 것도 없는 아내 (나름대로 나의 그녀의 미모는 한 가락 하지만, 하하…), 야단스럽지도 않은, 내 곁의 따스한 체온이 새삼 참 내것으로 느껴진다.

오래전 어느 도시
스타벅스 커피 하우스 들렀다
커피빈이 더 낫다고들 했는데
찾기 귀찮아 그냥 들어갔었다
커피빈은 다음에…
잘 나가는 두 커피숍
애매한 구별이 왔다 간다

푸른 달 복채통 놓고 구석자리 앉아
우아하게 커피하우스 종합에 관한
계간 컬러 잡지를 넘기고 있다
계수나무 다가가 어디 커피가 좋으냐고 물었다

둘 다 아주 먼 곳에서 이주했는데
개성이 각각 있다는 것이다

하나는 접근성과 친숙함이 있고
다른 하나는 분위기가 있다는 것이다
또 하나는 향이 진하고 맛이 강한 반면
다른 하나는 부드러운 대신 맛이 순하다고

접근성과 친숙함이 있고 분위기 좋은
향도 진하고 맛이 연하면서
부드럽고 달콤한 맛은 없을까요??
예를 들면 기운 돋우는 삼박자 커피 같은…
푸른 달 표정은 꽤 까다로워 보였다

지금 생각하니 갈피를 잘 잡은 것 같다
복채 들이지 않고 만든 아줌마 커피
아주 오래전부터 늘 내 곁에 잘 지낸다
오늘 아침도 행복한 믹스커피 한 잔
오래된 마누라 고마워!

다시 생각해보면 '부부'란 참 꼭 이렇게 되었어야 할
인연이 있어 보이지는 않는다. 말쟁이들의 말을 들으
면, 지금 부부는 전생에 웬수 사이였다나? 어떻든 아웅
다웅 싸우기도 하고 울기도 웃기도 했던 부부 사이는

이혼을 하자고 서너 번 하메 나섰던 기억처럼 기적이다. 헤어지지 않았으니까. 아이들 고아 안 만들고….

생각해 보라. 난들, 넌들 행복한 이상적인 결혼에의 꿈이 없었겠는가? 그러나 결혼은 다 어쩌다…이다. 첫사랑이나 죽고 못사는 결혼일수록 더욱 환장할 결말이다. 예를 들어 너는 딴 남자 좋아하고 나는 딴 여자 좋아하고…너는 예전처럼 젊지 않으니까, 나는 예전처럼 버릇으로 사랑하지 않으니까. 부부 둘이 함께 살 이유는 날이 갈수록 좁아진다. 늘 너만 늙으니까. 그러나 너와 나 나이가 들고 밤이 깊어가면 때로는 깊은 대화가 필요하기도 하다.

저기 노을을 좀 봐
이야기를 좀 나누어야 해
멋진 밤이 아까워
그 많은 사람 중 인연도 묘하지
어쩌다 만난 남녀가 너와 나

너는 내가 백마를 탄 기사가 아닌
별종이라고 생각했겠지
너도 별은 아니었어
들꽃쯤이었을까?
하지만 우리 둘은 서로를 잊지 못했어
(왜 그랬을까?) 그 이치는 참 알쏭달쏭해

우리는 정으로 사는걸까 아니면
우리가 잘 모르는 사랑이 본래 이런 걸까
별종과 별로와 별이 긴 세월을 같이했어
그래서 좀더 이런 저녁을 즐기고 싶고
더 긴 밤이 필요해

김민수의 시는 시를 쓰지 않고는 못 배길, 인생에의 너무 억울한 진솔성과 소망에의 갈구가 있다. 진정한 '공산주의'와 '자유주의, 자본주의'를 시로 표현하고 싶은 것이고 그런 갈구의 표현이다.

김 시인에게 남보다 더 큰 한이 있어서는 아니다. 인생을 의리와 의무와 정직함으로 살아온 삶이기 때문이다. 그런 정직한 국민의 눈으로 볼 때, 이 땅의 너무 많은 위선과 쇼맨십이 역겹기 때문이다. 쇼맨십은 스스로 진실성이 없이 남이나 국민은 쉽게 속일 수 있는 것으로 착각한다.

시가 그런 김 시인의 표현적 욕구와 삶과 태도에 크게 어울리는 것은 아니다. 그러나 '병으로 부는 나팔에는 나팔꽃이 피지 않는다' 시를 쓴다고 대통령이 되겠는가. 대통령이 된들 시인의 스스로 행복하길 바라는 소망이 반쯤이나 실현되겠는가? 시인이 병나팔을 부는 건 그런 선거 나팔이 아니다.

정치인들의 위선이 아무리 "국민을 위한다!"고 나팔 불어도 지하철에는 나팔꽃이 피지 않는다는 것을 알릴

뿐. 진실하게 인간과 자연과 우주가 하나되는, 조금은
서럽지만 기다리면 하나되는 바쁘지 않은 만물의 조화
와 고요, 그리고 사랑. 김민수의 시는 바라는 게 너무 없
어서 '휘파람' 소리만 들린다.

에필로그

2017년 4월에 1집(나폴레옹과 괴테)을 내고 다시 2집을 준비했다. 1집을 내고 무슨 일인지 한동안 시詩가 되지 않아 약 3개월 가량 벙어리가 된 채 하루하루를 보내었다. 참으로 이상하고 갑갑했다. 먼저 시집을 출간한 선배先輩님들의 말을 들어보니 흔히 있는 일이고 그럴 때는 억지로 시詩를 쓰려고 하지 말라는 충고忠告를 해주었다. 세상 살다보면 선배들의 경험經驗과 조언助言이 참 소중하다.

실제로 여름으로 접어들면서 한두 줄씩 감성感性이 조금씩 질금거렸고 계속 따라가다 보니 점점 불어나 어느덧 한 권 분량의 졸작拙作이 만들어져 쑥스럽지만 이렇게 2집으로 출간하게 되었다.

시인詩人으로서 시詩는 쓰고는 있지만 늘 부족함을 많이 느낀다. 나는 왜 미당未堂 선생님처럼 멋있고 고운 시詩를 만들지 못할까 하는 생각이 항상 나를 채찍질

한다. 그러나 비록 작품성作品性을 선생님과 비교한다는 것은 언감생심焉敢生心이지만, 未堂선생님께서 나같이 우스꽝스러운 시詩는 쓸 수 없다는 조금은 오만한 생각, 그리고 오직 나만이 내가 보고 내가 느낀 나 같은 시詩를 쓸 수 있다는 이상한 자가발전自家發電 등등이 큰 위안慰安이 되었고, 노력한 결과물結果物이 바로 이 시집詩集이다. 그러다보니 스스로의 재미는 물론 나름 실력도 조금씩 향상되는 느낌을 받았으며 마음도 편해졌다. 잘 써야겠다는 욕심慾心보다 자신의 감성感性에 성실誠實하자는 생각이 책을 출간하는데 긍정적인 면을 제공하였다. 이제는 시詩 쓰기가 친한 친구와도 같다. 이것이 없으면 뭐하며 놀꼬?

시집詩集에는 손녀들의 이야기가 몇 편 있는데 아이들을 대상으로 시詩를 쓰다보면 나도 모르게 동심童心으로 돌아간다. 시인詩人의 마음은 당연히 그러해야 한다고 생각한다. 그러나 동심을 유지한다는 것이 그렇게 말처럼 쉽지가 않다. 늘 맑은 마음과 자세로 작품을 써야겠다고 다짐해 본다.

2019년 3월 北漢山 자락에서

旿峙 김 민 수

김민수 제2시집

능소화 잠깐 보았나

초판 인쇄 2019년 4월 22일
초판 발행 2019년 5월 02일

지은이 김민수
펴낸이 朴明淳
펴낸곳 문학시티

주 소 100-015 서울시 중구 창경궁로 1가 29 (3F)
전 화 02-2272-2549
이메일 munhakmedia@hanmail.net
공급처 정은출판(02-2272-9280)

ISBN 978-89-91733-62-6 (03810)
값 12,000원